SV

Band 1500 der Bibliothek Suhrkamp

Thomas Kling
Sondagen

Gedichte

Herausgegeben von Marcel Beyer

Mit einem Nachwort
von Tobias Lehmkuhl

Suhrkamp Verlag

Gefördert durch

KUNST
STIFTUNG
NRW

Erste Auflage 2020

Satz: Satz-Offizin Hümmer GmbH, Waldbüttelbrunn
Druck: Pustet, Regensburg
Printed in Germany
ISBN 978-3-518-22500-4

Sondagen

»vom betriebsbahnhof durch mettmann am seminar vorbei auf straße nach neanderthal. hinter bahnübergang steinbruch in den plattenkalken steilgestellte schieferschichten. mit überschiebungen.«

GEOLOGISCHER FÜHRER VON DÜSSELDORF UND UMGEBUNG (1921)

»jetzt werd ich Ihnen mal eine einspritzung verpassen; aus meiner hausapotheke.«

J. VON STERNBERG, DER BLAUE ENGEL (1929)

Manhattan Mundraum Zwei

Omneis mors variis casibus obruit
Nullo nobilis ordine.

Uns alle – verschiedenste fälle – senkt er hinab:
Der tod, der rangfolgenlose.
JACOB BALDE, CHOREAE MORTUALES – TOTENTÄNZE

… die / ruinen, nicht hier, die / die zähnung zählung der / stadt!,
zu bergn, zu verbergn!
MANHATTAN MUNDRAUM

1

toter trakt, ein algorithmen-wind.
und alles wie paniert.

in tätigkeit
stetig das loopende auge.

2

ein loop kann eine
schraube oder lupe sein;
die schraube schraubt
sich aus dem off

direkt in dies

3

hinein, in diese zungen-, in
manhattan-zeugenschrift. alles aus
alles so gut wie aus

erster aus geloopter hand

4

die zungnmitschrift also:
blanke listen.
auszug:

schwert aus licht
rache-psalm-partikel
lichtsure niedrig und

saßen alle alle fest –
palms auf autoheck:
septemberdatum dies
das gegebene,
dies ist die signatur
von der geschichte;
verwehte wehende unverwehte
loopende wie hingeloopte

augn-zerrschrift

5

von augen ja!

die augn voller tätigkeit so
saßen wir im hohen ofen fest

im kopf im kopf!

6

konnten nicht weiter und saßen fünf
die lagen auf mir drauf ich ruf wieder an
kam auch schon die

decke

runter

7

wir lagen an den wassern des hudson
und weineten lichtsure niedrig; aus-

geschlossen es sprechen. null-
sicht, hatten nullsicht

8

... und siedelten in der luft

9

licht ging weg nur noch krach
und siedelten so in der luft
wir auf einer insel

unverweht

und allein

10

als kurzes mehl

11

ein kurzes mehl, dann, unterm profil, darin die zeugenvorschrift,
der vorname, und der gelegentlich fotografierte wird ein engel
genannt; ein luftsiedler; stylitinnen – wie hier steht. eine äugende
(glimmende), eine geloopte schrift. in die passant ein helfer oder
retter sogenannter augenzeuge nur so ebenhin, vorübergehend –
laufstop eher – DAS DATUM eingegeben hat; auf autoheck die
zahlenreihe: DAS GESCHICHTSBILD MANHATTANS TO-
TER TRAKT

12

das tanzt – partikeltanz – vor diesen
glimmenden geloopten augen

13

ACH der stumme finger ist der pilger, der vorüberhastet, der sich einzuschreiben
weiß ins leise lack-zerkratzen, ins todten mehl, ach! in dies totnmehl hinein.

14

nothelfer

15

neue kryptografie. listen.
nachbildbeschleunigung.

flügel sichtbar und
spürbar der flügelgeschraubte kopf;
und zwar partikelkopf: das limbische system
schlägt zu; memoria-maschinchen angefacht.

ihr unglücklichen augen

16

lichtsure niedrig,
niedrig preussag und münchner rück

17

es geht der wind übers gelände. gepfählter granit. die loopenden partikel. oder zungen, die in schlünde sinken in erstickter schlucht. um einfach auszuruhen; um augen zu spülen; die wäsche zu wechseln; überhaupt die wohnung zu betreten, wieder. endlich.

18

dies alles mundraum

19

stylitenwald

sinkt und sinkt auf viele
schultern, daumendick.

20

dies bittere mehl, darüber wind geht,
leiser algorithmen-wind

der wind von
manhattan

21

ach! vom hudson wehend

kommt der wind

Sondagen

»rindenfeld 39 (urnenfeld) zurückerobert«,
»soeben erreicht uns«, »broca unter
beschuß« … »unseres nahkorrespondenten
paul broca«
GESCHMACKSVERSTÄRKER

Die Geschafften

langsame staubluft.
das dust-bowl-stickige.
vor dem die lider
hektisch klimpern müssen.

unscheinbares, benommenes
augenlicht. vom ausgräberlicht benommen,

das auf ab-
gezirkeltes gelände fällt:
in schrägen zickzackbändern
diesen staubclaim zu erhellen.

das fällt auf mühsam freigelegtes
gräberfeld; auf dust-bowl-scherben-
zeug. auf hornzeug auf trifft dieses
augenlicht; auf irdenware, worin
unerhellter, schräger urneninhalt,
also uhreninhalt
ruht.
        ausgräberwimpern
poltern durch den tag. dies
unter bröckeligem licht,
bei tänzelnden partikeln,
unter augenpaaren. dies
unter ausgräberlicht, das

die geschafften trifft.

1

schnittspuren und

stellen aus dem sprachtrichter kriechend,
eruptiv, hervorgestoßen:
erstes geflüster
aus der geflüsterten tüte vulkan.
aus der vulkantüte, zutiefst,
die menschenstimme, ein gezirp
vielleicht, vielleicht zirpend.
ruft nach blut.
oder sagt ocker.
oder, meinethalben: gedicht.

dies die unverlöschte schnittspur.
direkt bearbeitetes kranium
aus diesem krater in der eifel.

wie sie, zugleich, am bach stehen die frauen,
das wasser aufpeitschen mit gerten.
was da gesprochen wird?
oder gesungen?

nachrichten
vom rand des schädeldachs der welt.
dann spielen sie uns die bänder vor
(forschung);
behorchte und wieder abgespielte tapes.
besehen stumm die schädelkratzer:
für alle ziemlich blindenschrift,
die carving-furchen, die minimalen

erhebungen in der landschaft,
(schnittspuren und stellen),

das erheben
der ersten stimmen.
erbeben dieser ab-
gescannten stimmen.
erhebungen der holprigen

huckel und lavaschritt.

2
Idyll: Die Kleine Feldhofer Höhle im Neanderthal

Fuhlrott, im coupé,
hält den knochenkoffer fest.

die leute im Bergischen die meinten:
wohl kosakenknochen.
entlang der Düssel,
in Mettmann, Gruiten, Haan
und weiter,
da habm sie das gesacht.

und der Fuhlrott fuhr,
zum ersten mal, der lehrer Fuhlrott,
fuhr er mit der eisenbahn.

am schönen Neandertal vorbei
hier fließt die Düssel –
fuhr er an den Rhein.
mit hochgeschwindigkeit,
Elberfeld – Düsseldorf,
die geile strecke,

um seinen fund,
um seinen fundbericht,
– kalk an den schuhen –

der internationalen presse vorzustellen!

als Broca einmal
falschlag, tippte Dr. Broca in seinem
zentrum, glaube ich, der tippte:
auf so was
wie eine alte affenart.

und Fuhlrott, im coupé,
IS DAS VIELLEICHT
NE RÜCKFAHRT
der hält den knochenkoffer fest.

3
Tundra-Bast

eiszeitjäger, ins netz gestellt.

faser, rinde, sehne.
verknüpft unterm
stechmückenzyklon,
unausweichlich, der bilder.

von knochenharten böden.
von der quatschenden
sommersohle, einsackend,
im durchgeweichten moos.

verknüpft und verflochten:
unausweichliches felsbild,
gesicht an gesicht,
das die flechte hinterläßt.

lockpfiffe, kennungen,
außenstation. von mücken
dröhnt hier die gegend. dazu

säfte, die kleben bleiben
an jagender hand. die
im handteller hervorhebt
das netz. hatz,
blickhatz,
von warten und dösen abgelöst.

so werden
eiszeitjäger ins netz gestellt.

4
Zielperson

dies sind feineinstellungen.
pollenanalyse,
knochenmarkspende,
geweihmaske.

zielperson mit geweihmaske.
blickt rüber.
von seinem hochplateau aus
blickt er rüber.
neanderthaler, zum letzten,
schaut durch sein sprachrohr.

ein ockriger schlot, in mäßig
geschwungener weite. unsere
sohlen – sanftbehornt, aschig,
pollenbehaftet – senken sich
auf flüchtigem hochplateau.

schöne kegelgegend hier
die eifel bewohnen
sie männer frauen kinder.

dem sein absterbender
blick beschriftet und streift
das erloschene siebengebirge.

dazwischen liegt der strom, un-

überwindlich.
was er uns hinterläßt:
die beigabe mark.
das ist wichtig für uns.

die erde ist ein bißchen warm noch:
nehmet und esset alle davon. wir

öffnen hungrig und mit kunst,
was uns bleibt, die röhren-

knochen. pigmentlaken dann;
ein feingestreuter ockerboden.

5

inzwischen: 1856
Fuhlrott rettet die
neanderthalerknochen.

gleichzeitig startet
die unterwasser-fotografie:
tauchversuche in schwarzweiß. namen
gut lesbar in 16 bis 18 fuß tiefe.

eine verschollene
sammlung von wrackfotografie.

zoome durch hirn,
über bord gegangene blicke,
namen und stationsangaben.
wie diese kennung beispielsweise.
hinten, verschwindend: gaumensegel,
zungenbein, das die sunde befährt.
eine verschlammte, von salzen
angegriffene, blickschräg-verformte
photo-ansammlung: plattensammlung,
aus dem u-boot heraus gemacht.

frühe fotografie,
kunstfotografie.

untergrundig, gründelnd in der sehrinde;
lappend, sich wiegend, und aus wackligem
u-boot heraus.
feuerqualle: magnesiumblitz –
von innen heraus. ins nasse, vor kiel.

6
geweihmaske

funkensprühende,
von funken sprühende böden:
sie kämmen, geduckt, beeren aus;
saft, der sich in die hände
vorfrißt.

7
Archäologischer Park

bald ist die sanfte eisenzeit
der weidenkätzchen schon
vorbei; dies vorgeschobene
isabelle gelb, wie nasses
schamhaar, fransig, halbes triefen.

gleich links römischer lagergraben,
vorgelagert. ich trag das mit, die halbe
mergelgrube (emscher-mergel) an der
hacke. hier lippe, äste, preussen, lippe-
ursprung, faules laub. im äußeren

pfostengraben stümpfe. was ist
die dunkle farbe da im pfostenloch?
holz scheint wie licht, und licht
wie holz. was alles in die binsen geht,
sie kratzen küchenabfall aus der grube.

schlagpfostenreihung, entwässerungs-
gräben, baracken in fachwerkmanier.
ich fress die reste, grabungs-schrift,
und habe schon das weiden-flechtwerk
abgenagt; kantinen-wandbewurf, und

seh: warn hügel hier. verkohltes stück,
die harten lehmpartikel – indizien für eine
feuersbrunst? den widerschein im auge
mischt sich nun die frauenstimme ein:
»kopfhörer ab, jetzt!

die bodenverhältnisse, herrschaftn,
wechseln – nenn' Sie mich einfach
Historia. was heißt hier schon: römisch?
beachten Sie's eiszeit-klima! eisenzeit-
siedlungshorizont! komm' Sie ruhich

näher. profilschnitt: das hier, die grube:
wo die latrine gewesen ist. in eiche, birken-
holzverschalt. das feine? is fäkalienschicht.«
klart auf jetzt. im gegenlicht hinten: baumarkt,
china-imbiß; war mal ne feldbrandziegelei.

»... centurionen-messe. der rest in lederzelten.
die lederbahnen fetten? sind von ABM.
Sie kriegn gleich die grabungs-filme noch
gezeigt. wie's aussah, damals – alles. damit –
Sie könn' hier keine fotos machn! – damit

Sie sich 'n bild von machn könn'. die neue
kampagne, damn-nd-herrn, wird klar noch
erfolgreicher sein. museums-shop drüben! alles klar?« ... PING!
ist *Historia* im zwischenhorizont verschwunden.
fäkalienschicht: vier traubenkerne, schwarz,

von dakern oder thrakern frierend weg-
gespuckt. noch anderes einfüllmaterial;
keramiksplitter, grobgemagert. ein ofen-
rest: lehm rotdurchglüht. feucht-labbrige
karten. faßspuren im kantinenbereich.

kätzchen im niesel. sonne kommt raus,
als milchige schleuderkugel aus ton.
im brunnenbereich bleilot. fünf münzn.
stümpfe. und hier noch und hier noch

und hier noch dies pilumfragment.

BEOWULF SPRICHT

KIEL

meermonster, laut seewetterbericht, mächtige
seeschlangen voraus.
                                        leg ab und folge der kennung.
dies ist die farbe, dies die dauer-signale. gedicht,
die küste – rippe der see – hebt sich und senkt sich
in ruhe: die bilder, die strömung, ein heben und sen-
ken, streifiges gischten, farben der see. dem bildstrom
längs macht fahrt das gedicht. ist lesbare sprachküste,
wenn auch beschädigt zum rand. nicht zu erkennen:
die wracks in der tiefe, die abgetauchten, ertrunkenen,
seeschlangen auf bildradar und
anderen frühwarnsystemen.

GAUMENSEGEL

die salzwellen, schriftsalze, die salzzerfressenen ränder.
gedicht ist: das verspielte papier.
                                        im zwielicht, im hell
aufblakenden schummer, nachts noch, im mondsaal
bei flutlicht zu erkennen. die landratte sagt: das meer
ist kompliziert; und der wind. das ist die sogenannte rede-
qualle, mürbe planke. die welle dagegen schlägt
ins komplizierte ohr. fluten. gedicht ist: kennungsdienst;
das sagst mir du, mein brandungsgehör. tondokumente

der wind, der wind / das himmlische kind

ROLLEN

æðfynde: »easy to find« = eine große anzahl
(ANGELSÄCHSISCH)

Beowulf spricht, während kostümfilm abläuft und hintergrund-
rausch; während hochseeboote, synchron, durch gluten fahren.
glaziologe Beowulf: die eisdurchquerte sprache schiebt sich, da,
aus seinem zungenbecken. toteisloch der mund, aus dem das vor-
knirscht, und weiter abschabt diese bilder. tondokument der
totenklage. gehobene wortwracks, zufallsfunde aus dem moor.
das (*unleserlich*) die ausschabende wirkung vom eis-orkan, gerinn-
sel. aufgeschnittenes walfängerlied. nachrufe sinds, salzkrusten,
seewetterbericht!
I do not much boast of it / und brüst mich meiner
abenteuer kaum. / 5 tage und nächte, schwimmend, in brü-
llender see / das schwert in der hand, selbstverständlich /
den nichtschwimmer-freund rettet ich so / I slew with my
sword 9 sea-monsters, hick … dichtung sei also: seemonster
erschlagn? *verkohlte stelle … wasserschäden …*

so

luden mich erregungszustände, wort als versenkungs-, als
verbrennungsstelle. so luden auf den meeresgrund
schon walfische ein mich zum bankett.

BÄRENMARKE, MOORFUNDE

das spielt sich ab im grünen bereich. hier unten: so ne art nor-
discher safaripark, kameraüberwacht. oder ne gegend, küstennähe,
wo grenzgänger ans limit geht, knicks in der pupille. blickgrannen,
harte büsche. heide, borstig. eichen und moor: in küstennähe
sumpfgebiete, mooreiche, vorgebliche öden. ranger der moore,
wanderer in grenzgeländen, die ihre füße aufsetzen, vorsichtig.
kurz, die trotzdem leserliche stapfen hinterlassen. kennungen
im grünen bereich.
                                   kennung des bienenwolfs. bärenmarke: ein süßes
zeug, von kleinen jungs unterm frühstückstisch im schutz der sog.
sonntagsdecke auf brücken ausgeleerte büchsenmilch; sprachklebe,
die einen bilderteppich macht. drippings, sozusagen, moorläufer
um 1960, in tiefer
versenkung.
                         ein unscheinbarer flecken (licht wie papier), der, sagen wi
von der autobahn aus dem blick sich verrät, hochmoor-erkennung.
was folgt, sind dann keine zufallsfunde mehr; alles im grünen bereich
leute. das nennt sich kartenlesen im unverzeichneten – und so was
nennt sich gedicht.

RETINA SCANS

aus torfen und mudden, aus der versenkung
aufgetaucht, zeigt sich die menschenhand
zuerst. die wird beäugt, nicht scheu, und
ist dies eine frauenhand, schöne, einer jungen toten
aus dem moor. mit allen linien, lebensnahe sonne,
um die uhrzeit, jetzt, auf diese abendstraße draußen
hingeschienen. straße aus der bronzezeit.

museums-dimmer leicht sakral, denn unter
diesem licht und unsren augn muß sie
liegen, diese ausgehobene grazile frau. sprachloses
opfer einer gottheit aus der bronzezeit.
über deren augenbinde wandern unsere halb-
verrutschten augen. scannen die ab. verwechseln
nichts, und machen uns im kopf davon
ein halbes bergungsfoto.

eine weibliche hand, grazil, hand,
dieser frauenleiche, nein,
anders: eine junge tote aus dem moor.
opfer der fruchtbarkeitsgottheit.
das ausgestellt bei halber, runtergedimmter beleuchtung (pietät!)
die opferin.
ihre augenbinde. halb
heruntergerutscht. hergezeigt
in halbem schutz. (vor den blicken dieser … also, ich
bin da erst gar nicht rein …) ein halbes bergungsfoto,
das zerreißt
das ist bergungsfotografie. oder:

in versenkung.
in abwesenheit zum tode.
schwappen, und glucksend schließt
sich das moor. das wie beton den körper umschließt,
wie beton, treibsände treiben's ähnlich …
moorklammer also.

Menhirreihen

Wir, unter tickender schläfe, auswerter, klein,
Über baumringsequenzen. beigaben durchsucht.
Der asche-rest licht, der, schräg und zerbröselnd,
Unter den fingern sich wärmt. holzkohle, restchen.
Und fanden dich, lebendig, angespült. weit
Hinten, wo strände queren. auf münzlosen arealen,
Trigonometrisch punktiert.

Dann weitere menschenstimmen. die was auf
Brythonisch sagen. noch älter natürlich:
Protokeltischer arbeitsbericht. vielleicht
Vom fang, seefahrt; weisung oder leid ..
Zwei küssen sich; in trichterbecher fällt das licht.

Die sprechen älter! brandungstöne, tang ums ohr.
Unter tackernden schläfen und himmeln. wir
Wringen lappen, schlafen, kehren hier die asche-reste
Auf! mit camouflierten stimmen. himmelsnadel,
Himmelsblume und trilithen: dreibeinig im abendlicht.
Es düstert schon, stimmungsaufheller stein, über
Der heide. heidewust und ein astronomisches summen
Fällt an. nimmt seinen anfang. wie seitenwände, deck-

Platte, sandwunde. in gestellter, hingestellter gegend.
Heidewust. graue masse, die da erscheint. nacht
Tritt aus. tag tritt auf. erscheinung: mein gehirn (beigabe)
In die landschaft gestellt. und nicht anzuheben.

Menhirreihen. und astronomisches summen hebt an.
Salzberiebene schöpfe, hart knisternd, erkennbar:
Winzige megalithen.
Ein augenlicht, das auf dich trifft.
Tonnenschwere in bewegung.
Weiter wurden die augen. weiter.
Wie prozessionsalleen.

(für Ute Langanky)

1999

Der Similaun. Director's Cut

gewitterblaue tattoos.
in *dr. camcorder's* alpiner
bilderklinik bereitet man
die not-op inzwischen vor.

die berge als silexspitzen, als
Similaun-fragment. geschickte
aufnahmen nach dem leben.
die berge als schulterblätter.

als pfannen und kugeln, die
berge die berge als kugelgelenk.
die schmelzwässer, die schmerz-
wässer. silexgebirge in der schulter

und weiße gelenkpfannen:
aufnahmen, notaufnahmen.
kettenreaktion im freeze, darüber,
auskugelnd, die sonne rollt.

abnahm der hirt den hut;
tat ihn ab als er nach wochen
über steilhänge, vom gipfel
aus; holzscheiben in brand,

schweifziehende feuer. serien
von flammen und dia-serien,
serien flackernder stills zischend
zu tal geschleudert: den *sicht-*

zwang erregend in keuchender
luft. dies die befunde.
camcorder läßt sich inzwischen
birkenporling reichen.

birkenporling stillt das blut,
desinfiziert die wunde.
als nach wochen gefragt,
gefragt wurde, der hirte,

ob zusammen ein foto
gemacht werden könnte?
eine sichtmuren-auslösung,
wespen in der luft oder

silex. grasmantel, das ausgeschälte
licht und freigelegte bastfaser.
grasmantel, alpine kotze (cotton)
aus süßgras. die zwirnbindung.

im regelmaß grasschnüre an-
geknotet: *unklare funktion*
mit den händen hält der hirt
den hut auf seinem schoß,

die haare, wie er nachfühlt,
liegen richtig. sanderblick.
und lernten von sprache. lernten
den wespeneingang kennen

unter der schuppentür.
leicht unter dem Similaun,
befundlos vor kodaks tiefe.
dort, und am knie, hier:

tattoos von gewitterbläue.
verstopfte gefäße. hier ist der
eingang, leicht zu übersehn: »da
sind ja wespen!«, »weiß schon«

nun aber, da klarstes wasser
im rücken, von gletschermilch
trüb überspült die krümmung
betrifft. nu, als silex, die silex–

spitze in dem sein rücken eintritt
und glatte zehn jahre später erst
herausgeröntgt wird, und er sich
legen mußte und hingreift, zu-

drückt, den schmerz zu dämmen,
in der tiefe der schulter; er sich
zusammenzuhalten versucht
einige zeit noch, klamm.
dann
kältegebiet.
der berge
zottiger grauwert.

Die Hexen

wärmebildkamera: es
starrt, es kann nicht
flattern; es starrt vor
schmutz das hexenhemd

1
Über die Art wie sie Hagelschlag zu erregen pflegen

Applikation der flut-, der flugsalbe. laut
Protokoll. die wiedernatürlich befragten.
Über wochen fragende stimmen und
Körperteile der frauen:
Nach und nach kommt alles heraus. wozu

Die feder zittert des schreibers. inschrift
Der augen. knirschender akt.
Geschorene tote, hier beispielsweise,
Vom Hülchrather schloß. dessen haut
Wie ein nebel liegt.
Lang ausglühender alp.

Haare. der schreiber schielt hin: sieht
Zitternde lache, die nackte darin und das stinkende haar
Und das blut und die pisse. ein doctor
Hält proben gegen das licht.

Das kann hier, kann tage

So weiter gehen. aktenkundiges
Salbenrezept. der kurze strahl einer nadel-
Probe. wie direkt jetzt die sonne Hülchrath
Erreicht, auf fauchenden scheitern
Die leiber.

Erleichternde aschen. haarrest gestrüpp.
Die qualmenden brocken. gestank
Die bänder gelöscht.
Das gellen der tinte. das einfach hingebebte.
Das beben der schrift.

2
Baldung gen. Grien, Die Hexen

profilfahndung.
beweismittelhagel.
schnellere luft.

wie sie zu dritt vom boden aus, die frauen,
im nackten himmel wühlen! ihn vielmehr
kleiden, in heiße wetterstoffe. wolken das,
wie därme, peristaltik des himmels.

verbotene landschaft, die sich da auftut.
nacht nimmt gestalt an, sturm kommt auf.
kaltwetterfront, in der, wie eingeschmiert,
ein nackter hagel niedergeht, so etwa;
und sichtbar werden
INNEREIEN DER GESCHICHTE,
DIE KALDAUNEN DES TRAUMS

so entstehen mit schicken namen die wetter,
ein animierter farbholzschnitt von 1510:

die frauen sprechen? singen sie?
von bandenbildung ein gesang.
slowmotion-hagel an beweisen.
wies aus den' ihren töpfen abzischt!

Ich habs genau gesehn.

Ihr herren:
Eine sah ich, reitet rücklings,
Sah ich, dabei hagel machend
Dermaßen kochende wetterfront,
Reitend, von ihrem luftbock aus.
Ein zweiter überwacht
Ein feuer, da hängen schlaffe würste rüber.
Die frauen da voll in der spannung, der ihr
Ekstatisch abgespreizter großer zeh!
Die knien, lagern – waldrand hinten, weiter wald –
Dort bei einem morschen (donauschulen-)baum,
Scheckig im flechtenbart
Auf einer lichtung.

Rückansicht katze, frauenrücken.
SCHEINT, WIR BLICKEN HIER AUF INNEREIEN
Katze steht schmiere, lauert und wacht. wobei
Verflechtungen entstehn, zu dritt, zu viert,
Mit offen die luft beschreibendem haar.
Ganz vorn ein echter pferdeschädel

VORÜBERRAUSCHENDES
ROTWELSCH VON DEN GEGENSTÄNDEN.
Oder etwa so, bin da nicht festgelegt, geht auch,

Haut und haar. der ihre fuchsstimme, schnürend.
Das schreibt sich mit ihnen, das haar. das schraubt
Sich steil zischend hoch durch die luft. die teile,
Das instrumentarium völlig in schönheit. die älteste
Frau selbst in rasanzen! mit heißer gabel
Durchs tiefdruckgebiet.

Die stillen rangezoomt-bedrohlicheren gabeln
Am boden. die schriftstücke ledern, gebunden:

Wodurch, meine herren, wir
Jetzt die gesichter kennen! hier bitte: die lichtung,
Langzeitbelichtungen ohne ende. die tapes
Als spulwurm. die ganze ausgedärmte schrift.
Bin sicher, die packen noch aus.
Worauf jetzt die zeugin gegrillt wird.

Das nackte ihrer rede endlich
Hab ich, Ihr Richter, leider nicht verstanden.
Hab zu dem datum aber mitbekommen:
Bildhagels gräßlicher ansturm, dazu
Das viele-viele haar.

3
Höllischer Morpheus

kupfer, schwefel, schlafkrankheit …?
wie
von keilerschnauzen durchwühltes gelände.
ne art eiszeitjägergegend. die so wie alter
bleisatz riecht. stinkendes titelkupfer. irgendwie
offene landschaft, irgendwie wildschweingehege;
irgendwie auch wieder nicht. starke gerüche,
die von drüben kommen. ja, wie denn
nun:

was führn die uns da vor und überhaupt:
sind das nun amateuraufnahmen, experimentaldingens, extrem
verwackelt. is dasn unscharfes material!
ist dasn unscharfes, ich mein:
polizeivideo. auf dem auffällige
person erscheint.

ein dicker, behindert. funkspruch. mittelalter.
bei seitlichem handy-geklingel puckliger berg;
ein fettwanst, auf dem schon die fliegen sitzen.
ich mein, so dicke brummer auf dem drauf.
der hält mit links, wie nebenbei den eigenen
fahndungszettel: höllischer morpheus.

und keine papiere. der drop-out: links bocksfuß,
rechts hahnenklaue. stinkt wie die hölle,
nase wie geschlechtsorgan, widerlich glatte.

das ekelhafte ende. doppelschwanz: von
schwein und ratte. zunge? verteufelt!
möcht man erst gar nicht sehn.

handschuhe an, wir machen das jetzt klar.
was ist das für ein, uahh, bestialischer ge-
stank. der riesenwanst, zerrissenes hemd,
das drüberspannt und dieser wahnsinns-puckel:
auf dem ein taschendrachen platz genommen hat.
die unverschämten augen! seitlich:

tischchen, daran geschäftsvolk in boss, armani;
ungenaue hände, pfeile, handys in aktion. »kupfer«,
»schweden«, versteht wer; dazu synchron die platte machn
in schlaf-, in krankheit, voll betäubte, junge hunde.
wissen auch nich, was so abgeht, seufz. plattemachen (keine
studioaufnahme!), in plastikhandschuhn
unschlüssige beamte.
die kurzgeschlossenen. so
stinkt der ganze kupferstich zum himmel. verdreckte allongen.
vom perückenstock genommen, aus denen frisches puder
niederstaubt. bemehlter druck. gestochene,
ins papier gedruckte LETTERNSÄUE. keiler, die aufeinander
losgehn. so stinkt der kupferstich zum himmel. spruch
und funkspruch. es klärt sich weiter auf,
und gleich auch schon vorbei.

Schiefrunde Perlen

Ich warte auf deine anregungen zur fäulnis,
damit ich das heft sofort veröffentlichen kann.
DALÍ AN LORCA, 1926

Sevilla, 1672

Valdés Leal hat dies gemalt
ein beingewölb aus staub und mulm
und teurem tuch.

erste totenlade

DEn deckel abgenommen steht der schrein,
von dem sich die bespannung löst; ein rotes
leder, oder stoff:
                                        gelockte bischofsmumie.
ins schattenfeld gesunkene augn, als ob
zu viel gefeiert worden wär.
dem geht sein seiden-
handschuh in die falle (kralle). schuhnaht
an der spitze aufgeplatzt; der noch intakte, teure
umhangstoff, wird schon bekrabbelt;
alles in weiß. man kann nicht näher hin.
grobkörnig wird unterm lupenglas die
ansichtskarte.
                                  und die tiara wird, aha,
vom käfer untersucht.

zweite totenlade

DAneben liegt, noch unverwest, zur
anderen seite die zweite männerleiche,
bartgesicht. der kopf auf dünnem kissen,
den
haben sie am sarg-rand bißchen hoch-
gebockt. das hemd zu weit, daran ward
nicht gespart. weiß eingeschlagen liegt
mit verschränkten
armen er, der schwarzbart betet nicht.

Valdés Leal hat dies gemalt
ein beingewölb aus staub und mulm
und teurem tuch.

REste
sind bei miesem licht
zu einem haufen
aufgeschoben, ganz
hinten durch, die ecke an der wand. das ist
die letzte unterkellerung.
es wacht die eule,
eule wacht frontal, im seitenschein,
ziemlich weit unten, auf der treppenstufe.
man tritt
hinzu, der schritt wie abgepolstert. du-
mpf, so riecht die unterwelt. was soll
das sein? es fällt das atmen schwer,
die augen müssen sich gewöhnen.

dritte totenlade

NIcht viel mehr ist
zu erkennen: den fuß zum reste-haufn
hin:
skelett,

dem ist ein bodngraues
lendentuch geblieben

die schwere waage
schwebt,
schwebt

von engelshand und -arm zierlich,
gut ausgeleuchtet,
ins faulgewölbe reingehalten.

im gleichgewicht die schalen
gut emblem-gefüllt ein buch da-

runter. vanitas-inschrift
da und dort; ein schmales

schatten-pergament.

DIes hat Valdés Leal gemalt
ein beingewölb aus staub und mulm
und tuch.

Barcelona, 19. Juli 1936

den esel-toten zieht man ins bild.

da sind dann plötzlich alle läden
dicht. straße geschlossen, und alles
versperrt.
                    im ausschnitt die kadaver-sperre:
ein krieg mit pferden noch,
bei barrikaden-licht.
                                        das ist jetzt nicht, daß
durch die straße setzt und rennt
ein pferd mit langem schweif.
                                                    es riecht.
es ist die hitze, aufgepflanzt.
in aufgepflanzter hitze ducken.
und die warterei. wartend erwarten
die einen, daß die anderen erscheinen.
                                                                den mürben
esel-totn schleppt man durch das bild.

Sevilla 1671

aus der bewegung raus tritt auf,
bepackt, noch hierin elegant, auftritt
mit einem schlag: der tod.
agiler tod!
in ein emblem-arrangement tritt er
als kerzenlöscher ein.
                                        kaum hat er
seinen fuß dem globus aufgesetzt, als
wolle er schnell mit aufs bild, den sarg
bei läss'ger leichen-schleppe untern
arm geklemmt, zur hand das werkzeug –
macht er schluß.

hand fuhr grad eben in das licht! wachs
spritzt und handverdeckter docht. vorm
dunkel leuchtet auf, anstatt des scheins,
blitzt auf unmißverständlich lettern-spur
die sitzt
                IN ICTV OCVLI liest du
im augenblick
                                da fällt das bild
in sich zurück.

Farnsamen

KÜHLES GEMÄLDEGEDICHT

jagdstücke,

während schneeregen einsetzt,
wie nebenbei jagdstücke.

die starkriechenden flämischen tiere,
hängende vögel, die ermatteten
pulverflaschen, kordeln und irdengeschirr.

weltspiegel des glas-spezialisten claesz.
die freßwellenhaften kupfer-küchen urbaner
gesellschaft. der keimfreiere, urbane
zeichensturm chardins; gereinigte,
salzgraue
körnung
herrschaftlicher beutestücke. glitschige
muscheln im abgematteten perlmutt.
die halbab-, dickabgeschälten
pomeranzenschalen.
die ganzen säfte, säfte zur gänze.
jagdttaschen-gurte und prunkpokale.
die nackte blaue haut, die hasenhaut; dazu die äderungen –
hier denkt man an schillerndes, hellgraues salz.

aus nachthimmeln körnungen,
wolken, gestiem. das innere jagd-
stück, gesalzen.

PIETER BRUEGEL: ALCHEMIE HEADSET

gebrau, ich mein, gebrauch,
der erschließt sich in fragen.
folgen der zungen,
der zangenbewegung.
                                        in affenhitze
wälzer und zettel. rezepte und kram.
labormitschrift, post it, zutat beschriftet.
texte auf säcken, halbfertiges. rohmaterial.
schon

                                                            rutscht
dem die kappe, nicken genügt – sichtschutzmäßig
über die augn; sitzt ganz gebeugt da –
                                                              mit säuren
hantiert wird, feuer mal aus und mal aus-
schlägt; entzündliches, fingerndes, fremdes
gezüngel. leicht brennbar, halt drauf jetzt;
das alles

in diesem ... wie sagt man? labor doch wohl kaum.
bruchbude, bruchbuden-klima. der kehrt uns
den rücken. wir kriegen den seitlich. belegschaft
am machn. das sieht man:
die leute
sind unterbezahlt.

anweisung rechts
von dem lesepult aus. gebrauchsgegenstände,

kram-katarakt:
ein kleben, ein knirschen unter den sohlen,
ein siff rechts und links, echtes chaos.
das ganze von teilen und teilchen
übern sprachraum verteilt.

heillos! doch
voll brennbar die atmo.

kelle und becken. siebe, pipette.
ich mein: brauchbares blasenschlagen. schneiden und rühren;
aussieben, mixen. am ausköcheln vorne die irgendwie
was! aus leder ein ächzen: blasebalg-set: einer am ruhen und
einer in betrieb.

jetzt assistentin.
auch voll am machen, auch schon was älter.
lässig und wissend, blick in die linse.

pult. pizzaverpackung.
auch ganz belagert,
das ist doch hier echter
scharteken-wust!
foliantenbelagert,
wust von fingerzeigen,
chaotisches chaos
von staubigen files!

tritt da nich drauf! mensch, reiß
da nix runter! die hitze. das hält doch
nun wirklich keiner drin aus.

die flaschen. krüge und tiegel und trichter.
in mörsernder hitze blinde phiolen. fenster
geöffnet und fensterbild-ausblick. es hilft nichts
gegen die scharfen gerüche, luft bleibt zum
schneiden. zischeln und zischen von unausgesetzt
simmernder köchelei.

die ablage drüben? auch
improvisiert, klar. da hamse die waage
mal schnell abgelegt, drogistenwerkzeug
liegt übereck liegt das; die eine der schalen
voll nußgroßer bröckchen; da sind doch
nicht etwa nuggets dabei?

ALPHATIER. das alphatier als bunter
hund, so lesen wir. entziffern was wie
ERDSCHRIFT, ZEPHIRE

was über die böden so schwappt und
so kippt – wer
das schon wissen will? lies weiter. lies

ALPHATIER, ERDSCHRIFT-ZEPHIRE,
ALGHE MIST lies
alles umsonst

zum lachen. dem fällt,
geduckt vor erregung,
im sprung der,
der schlappen gleich ab.

UNBEKANNT, auf welchem
konzil sie geradewegs

verboten: die schreinmadonna.
im aufklappbaren im aufgeklappten

bauchraum: darstellung der dreifaltigkeit.
und haben für immer der ihren bauch

mit kräftigen nägeln der ihren bauch
für immer vernäht. eisen die

ins lindenholz geglitten sind. aus linden
holz die ewige herren welt – weiß

keiner wo die abgeblieben ist.
die mutter mit der kräftigen nase mit

dem balancierenden mit dem auf ihrem
schenkel balancehaltenden kind haben sie

dann vergessen oder ausrangiert (gotik)
irgendwann wieder gefunden in einem

pfarrhauswinkel. original ins museum und
zur versicherung ein duplikat gemacht.

natürlich nicht zum aufklappen also ohne
bauchraum ohne einbruchsbecken ohne nägel

ohne die verwitterungen im holz. ohne
kerben einrisse zertalungen ohne herz-canyon

tiefste vertiefung verlaufspur und talgrund
sieht aber gut aus. keine frage gut gemacht.

STILLEBEN MIT TELEFONBIETER

angesichts des angebots freß-
wellenhaften augenüberfüllens.

geschwenkter prachthummer oder
prunkpokal, in dessen deckel, zinn,

der künstler sich, und auf den dritten
blick erst, spiegelt. während

telefonbieter, berlin, antwerpen,
kann sein aus übersee, beim biet-

gefecht auf touren kommen, an-
gesichts nachglühenden dochts

der, eben ausgelöscht, nußgrau am
kerzenrand, rauchfaden zieht, verzieht

sich rasch ins ungefähr. stilleben mit
toten vögeln, mit hirschkäfer. stilleben

mit toten, pinzettengeschnäbelten, ver-
mutlich auch schon ausgestorbenen vögeln;

mit vögeln und salamander; mit eisvogel,
totem löffelreiher und blutmäulchen marder;

schweiß. schwitzende saalbieter, während
in brüssel telefonbieter zittert. still-

leben mit waldboden, reptilien, mit stech-
bereiter wespe. stilleben mit meise in rückenlage,

prunkpokal wieder, ausgefuchste fisch-
installation; dem stilleben eingebautes kamera-

auge. saal und saalbieter überwacht, hammer.
stilleben mit wiederum verstecktem selbst-

porträt; van bredael, luyckx, van veerendael,
der abgefahrene brouwer. antwerpen geht mit.

telefone, häher und stieglitze – saal in rücken-
lage. fischauge zeigt: den nachglühenden docht.

ZEUGHAUS

mars.
ein beschauzeichen, gebleut.

wolfzahnmuster, aha, so nennen sie
das. wolfzahnmuster einer geharnischten
natur. alles in einzelteilen, serien und

unikat. sagen wir, gebleuter eisenhut.
so zeug. zeugs in einem haus halt. aller-
mannsharnisch mit stoßmarke. allermanns-
harnisch aussterbend in stoßrichtung.
stößeweise, stößeweise in serie. stoßweiße
in ätztechnik ausgeführt. und abbrechen,

mal eben reinhören, hier, innen eisentext.
außenaufnahme: geharnischtes devisenband
spricht
UNGEWAGT IST UNERFAREN
auf gedenksteinen, schutzflehend, kniet
der träger, schwertträger, knien sie so.

oder hier.
roßharnisch. allermannsharnisch fürs
pferd, roßkopf mit ohrenbecher, stirn-
stachel aufgeschweißt. fantasymäßig
fahren sie hier ab! dringt voll ins auge,
unbewaffnet, durch die schlitze
ein.
die ganze sozusagen aufgeschweißte

schmiedesprache. stoß, stoß-
weise, stoßweise geht den' ihr atem.
abteilung messer- oder panzerschmitt.
in augsburg saßen spezialisten. wolf-
zahnmuster fürs wolfzahnmuster, fürs
getriebene pflanzenornament. die ebene
offenbar so weit, und der feind dringt
ein: ins landeszeughaus der stadt graz,
als zangen, als glühende ausglühende
als zungenfertig marsmäßig

ausglühende geschichte

NACHTWACHE

The dahlias sleep in the empty silence.
Wait for the early owl.
T. S. ELIOT

... die nachteulen vergraben ihre
benutzten messer
H. C. ARTMANN

TURM. NACHT. AUSSEN. BELAGERUNG.
als zustand. sagen wir: lichtwaffe. schwarz-

schillernde materie. eine zeughaus-anlage,
beschienen. turm, getroffen vom lichtkatapult.

getroffen von blicken. fliegen im panzerglas-aquarium.
es werden augen feuersäulen, suchscheinwerfer.

so wird im aufschein auge ascheträger. bunkerträger.
ein monitor, auf dem die nacht in tätigkeit erscheint.

ein angestrahltes BILD VON SCHRIFT. vorm höhlensystem
nachtwache schieben: deutliche dämmerungsaktivität.

NATO NIKE SITE. NACHT. INNEN.
und sahen bunker-präzisionsinschriften.

in bunkern piktogramme männlicher wünsche und
raketen. sahen fundamentplan, raumbezeichnung,

lichteinfälle. kantenschatten, gitterroste, maschen-
weiten. böden aus linoleum, aus gußasfalt. estrich

öldicht. und tiere – eule, außen, nacht –
ein rascheln bei den unterständen, vor den zäunen,

die immer wieder abgewürgte schreie hören ließen.
innen blaue nacht. datennächte, innenseiten.

TIEFFLUG DER MINERVA

kaum ein luftzug: dämmerungsaktives wort.

das sich in hochauflösung, in rasanzen,
in das bild begibt. in wärmebilder. schlacken,

die vom himmel fallen, sich in die botanik
senken, um als material zu enden. luftzug

nur. herausgewürgtes *mediengewölle*. schlag-
schattenartig in die scharten fallend, in die

knappen senken wo die toten liegen könnten.
statt dessen dämmerungsaktives, beredtes bild.

EIN DATENZUCKEN – nur ein datending? und sahen
daß bewegung eingeschränkt nur funktionierte.

wo gehts da runter. gehts da lang. das auge spricht,
Eurydike. das spricht von höhlenmalerei.

ein unterirdisch feuer: ockerauge von lascaux.
sofort ein datenzucken von den bunkerwänden.

in stummes dröhnen, fern, aus böden. es kriechen
lange wespendaten lange über bunkermonitore.

die lufthoheit. gesirr. die erdhoheit.
der deutungshoheit datenflackern.

Eine Hombroich-Elegie

1

jetzt sie: flügelverbrauchende sammlerin,
bis ende saison geht sie in fetzen.
mach
mal lauter:
graue augen, die ein breites tal sondieren.
kugel, kogel, berg mit namen

die sich ausspannen von hier bis da.
als brandbeschleuniger die sonne.
berühmt im mittelgrund der wasserfall.
endlosschleife, und babelt drüber hin.

die grauen bienenaugen scannen
hier die wiese ab, die graue wiese.
ein rechtes wachsrest-gedächtnis,
wachsrest-diktaphon,
formt wiese, tal und blöcke ab,
das ganze landschaftsding in

knete

voice-over dann. quatscht son affe rein, so was wie:
Watching a film of the 1960s
is an experimental experience for me
soll uns recht sein.

test trunk test!

so geht das weiter, in knisternder
hitze, in der sich der kopf –
spucke daran und abriebspuren –
als nützlich erweist, bei weiteren
einblendungen:
                                        eines heiligen
hirnschale
umgearbeitet als kelch, daraus
die wallfahrer ihren trunk tun:

in tegernsee war der trunk aus
dem schädel des quirinus üblich.
na bitte!

block. schalenstein.
die sonne ein silberner stocknagel.

dann:
bastener mantel,
den ein hirte trug. angeblich
fünftausend jahre alt.

vom alten zelluloid genarrt:
die farben brüchig, anders irgendwie
und anders irgendwie der ton,
was macht man mit

voice over.

2

die bienen, von den graugesehenen wiesen,
heimwärtsbretternd, zu der bienenbude,
um dort einlaßkontrolle zu passieren. um
tänze aufzuführen, was bienensprachlich,
honigalphabetisch etwas übermitteln soll.
sang. berührt zuletzt, yakutischer schamane,

das rote eisen mit der zunge. zunge aber –
irgendwas läuft schief – erstrahlt nur kurz und
ist verbrutzelt – stinkt vor sich hin, erbärmlich.
von winter-vitaminen, motorschlitten, kann
wilde rede, bienenrede, *-ie -ede*
-ein. vielleicht von schwarzem rachen.

3

haut eines blauverschatteten
gewitterhimmels; naßschillernde haut
des frisch abgezogenen hasen.

oder ist es ein glasbaustein,
der die luft quert? etwa der
glaskörper libelle? der
die wummernde wiese
in atem hält?

geschwind die richtung
wechselnde
schimmernde stäbchen.

wie etwa die orangen
rettungshubschrauber des BKA.
wie dieser hier, dem der notarzt entsteigt.

grau im bienenblick
grau blühende wiese.
grau blühende gehirnmasse der wiese
gleich neben dem boden aus nato-beton.
hier, summend,
setzt das stäbchen
zur landung an.

hubschrauber
der, startend, die wiese kämmt
elegant schwenkt
die abkürzung nimmt übern rhein
richtung uniklinik düsseldorf.

mit dem halbtoten, ein hautflügler,
aufgelesener schädelpatient.

bienenauge, libellenauge vor
hasenadriger, grau erstrahlender
gewitterfront.

4

da sie aber nicht weiter wußten,
da's echt schlimm wurd, wie sie meinten,
mit den
wespen,
            holten sie den wespenbanner.

der wußte den richtigen spruch und
machte den tieren allerhand zeichen.

5 (Hyoscyamus niger)

SCHUTTPLATZ, diesig, die
unausrechenbare
pflanze. wo's nach hund riecht,
nach pisse genauer, am zaun da.

bilsenkraut, unstät. kapsel,
aus der harter same stürzt, anderswo
zu erscheinen; schmutzblüte,

schmutzton. rechte sprechkapsel
mit zinnen:
ich hab bauernkinder gesehn,
die diesen samen gessen
hatten, die waren also tämisch,
benebelt und hart drauf,

daß die eltern meineten, sie
wären vom bösen geist besessen.

um anderswo zu erscheinen;
dunsthalde, abhang, undurchsiebte ecken,
sprung nur über die böschung weg.

wo morgennebel durch-
zigeunern. in kopfhöhe drift,
drift bündiger schwaden.

6

augustböden und erdwespen,
böden im august.

felder leer. hinten
der fernsehturm, diesig, skyline
geschluckt.
                die leeren felder, august-
böden, rissig,
bei vertriebenem korndämon. strohdinger, zylindrisch, installiert.
mittagsfrau
schaut vorbei.
                  stark aufgedreht
die bodenheizung.
                       aus ihrem loch,
ihrer stellung, steigen sie auf, starten
durch, stechen ins sehfeld, kehren zurück.
schwarzes gesichtswerkzeug,
tastversuche. was
sich in zehenhöhe alles abspielt.

bei nahezu abgedrehtem ton.

7

in seitenlage, eben noch
ein junger hase.
biegsam, ganz, noch
völlig flauschig.
auf beiden seiten
ohne wunde.
sonne scheint ihm rosa
durchs ohr.

die uhr läuft drei
goldene fliegen und
eine wespe sonnengelb
erscheinen wortlos
auf wuscheligem
sommeraas.

8

welch zartes schwanken –
                                        verhärtete front:
durchgehendes hartes anhaltspunktloses
himmel-blau, darunter
auf streife
der weihe
kreiseverschiebendes system.
                                                welch
schwankendes callot'sches grauen. geh ran.
der korbblütler (als schirmakazie oder eiche),
geh nah, der korbblütler als galgenbaum.
die wespe
wespe
hat in einem hauch von netz,
es scheint, sich selbst erhängt.
                                                wo wespen,
nacheinander, zur sandsteinmulde fliegen,
die steile, unter vorsicht, niedersteigen:
wasser trinken.
                            auch hierbei kopf
und körper in bewegung. es knallt
die sonne drauf, auf

galgen wasserhahn und tränke.
stille. im schatten

dreiunddreißig grad.

9

im spechtzimmer trommelnd,
auf tote arme oder äste; ein ab-
gestorbenes gehirn. das sind die
fälle, spechtsfälle, die rauhfüßig
nahrung sich vom boden suchen.

die zimmern, besetzer alter höhlen,
sich die köpfe aus. und trommeln:
nachrichten aus der kreidezeit. so
lecken sie. leimrutenzüngig lecken
sies kerbtier aus der wand, voll vonner

spechtzimmerwand.

10

dann starb die kröte; war
die kröte hin. zu feucht das
wetter und gleich beim salbei:
und ließ sich so nicht trocknen;
riß ab, riß durch als sie vom
einen ort – ein vogelschnabel war
das wohl – zum andern hin.

vom spatenblatt riß kröte ab! es
starb die kröte leider mir, die
vor der türe hat gesessen; und
kerfe mit der schnellen zunge
hat gegessen. so schwarzer
teerhafter glibber; das weiße
bein stand raus. auch diese

kröte läßt sich nicht vergessen.

11

dieser kopf-
fleck, kopffleck;

(funken: disteln)

marke am haupt wie
arterielles blut.

der sich abhebt,
vom reif noch; an pen-
delnder rispe schwingen-

des rot
(distelfunk): was

für ein schönes paar
distelfinken.

12

gewitzigt und
feuervergoldet

ein wintertag, den sie
picken. und werfen lange

schatten, kleines aufwerfen, saurierschatten.

tracks im matschschnee:
ockervertiefung,
winzige canyons von tierurin

13

es ist die mähmaschine,
erster schnitt. der durch
die hände füße der
durch die vorderbeine geht.
durch ein gutes naturell. ein
schnitt durch meine augn,
durch den mund. und räuspert
sich, der das erzählt, von
mähmaschine, katze, vorderbeinen.
das läuft, so spricht er, über
die tierverwertungsstelle hin.
nachdem – so spricht
er in den hörer – der bauer die katze
dann erschossen hat. gefolgt von
katzenerinnerung, kurzem gedächtnis
ihres naturells.

schnitt, flüssig.
himmelsstrom.
am todestage diter rots.
JA.
GESTERN ABEND HABE ICH
MIR SCHON EINIGE GLÄSER
WHISKEY GENEHMIGT.
ja, blankes katzenlicht,
schlüssig, am glasboden, sela.

(für Andreas Züst †)

14

aber sie zirpen ja!
kurven und luftzug.

sprache der falken: sie zirpen
mitunter sich zu. zarte äugende sprache,

die hörbare zunge im anflug.
insgeheim beute, zirpen ja: beute,

charakter, vertrauen. sie zirpen
ja – damit ist vieles gesagt.

(für Mauritius Wenner)

15

aber sie rütteln ja,
rütteln ja nur

überm geraschel, überm
struppigen wiesenstück im frost
und sind leicht abzubringen.

zur abrichtung ganz unbrauchbar;
zu flatterig eben. zu mißtrauisch
auch, wie elstern:

turmfalken sind nicht
für den export bestimmt.

wüstenlos

stehen sie für kurz. und merken
schnell, wenns sich nicht lohnt;
probierens stückchen weiter.

der junge falke hockt allein und klagt
er scheißt die weiße losung in den wind.

rüttelfalken

taugen nicht
fürs buch, sind einfach
an die faust nicht zu gewöhnen.

16

nun, im schneeregen, nimmt – dahin – die schönheit
dieses vogels ab. der steif, in rückenlage, vor harter
glaswand liegt, auf dem beton. die krallen, unculae,
dem wetter zinken in die brust geschlagen; ist keine

abwehrgeste das. singvogel mit ockriger, mit aprikosenbrust:
das brustgefieder, totenocker, schon verblassend. steife der flügel:
cherub rücklings – schmuddelwetter tagelang, rauheit, rauhe
nächte,
ein winziger und dunkler blick – dahin –, der zwischen einem

faulen blatt zu sehen ist. halswickel krapplack, rutschend:
vom tauben pflaumenbaum aus nordamerika. paar tage,
woche – frieren, tauen: man wird auf knochen schauen.

17

dies sind die geheimtinten der gegend
erlenzittern über den namen den moornamen
im trockenen überm tiefen grundwasser
spiegelt sich bebende schrift
einzeln aufsteigende blasen
und elastik
                    der kopfweiden gespalten morsch
luft böden mit spliss brombeerdickicht dies

sind die einfachen tinten der gegend

18

fuchsbrust, die klopft. klopfendes
herz und fuchsstimme bei wetterwechsel
aus dem tonstudio nachts, rauschen. da

bellt er wieder, heulton nacht, und bricht ab,
wie röchelnd, genau drüben,
und der sturm fängt an, als müsse
ein tier grad dran glauben.

19

im licht der peitschenlampe
bildausfälle: schneestiemen, naß,

das sich über die gegend stülpt.
grauwacke. und -werte der lava

hervorkrümmt. nach und nach:
die gegend läßt sich erkennen.

schnee setzt aus, setzt wieder ein.
so werden ablagerungen erzeugt, vor

augen: das gelbe gänsepaar, in ein-
verständnis, erscheint, fuß vor

fuß setzend, stapfen machend, so eine
räumliche verteilung nehmen füße vor

und augen. übergangsstadien,
in der morgendämmerung.

20

lichtholz, basalte.

vulkane mal eben
nicht in tätigkeit.

bröckelig eine ausgeglühte
vom besenginster bald
schon beleuchtete gegend.

gehölze jetzt. gehölzbewuchs.

ein ausgeglühtes gebiet,
kegel,
das fernsicht
ermöglicht. gehör von weitem:

waldkante, in die der wind fährt. ein
ohrenbetäubender schneefall hier.
jagdplatz, fluchtartig verlassen. warum.

dann fernsicht. und die augen reichen
an flanken und blockmeere.

fernsichten, schmale
blickschlacken berührt.

21

hofhund-radius, wasserwort:
das ist im rauhen fell der
kettenhund. dies sein stimm-
band, heiser und gewürgt.

die rauhe haut, die rauhen häute
der winterlich hängenden gärten.
braungewordene konservendosen
übers graue holz, überm zaun.

die überstülpten pfähle. ockrige
ablagerungen wo eisenhaltig,
eisenmünder machend
und nach eisen schmeckend

die wässer aus den böden quillen.
ein schmales schießen, das sich un-
terbricht, ins wort sich fällt
in ein wasserwort

so
so muß gestotter schmecken – gut!
die gegend – wolken, ginster
und gebilde, besen bildend.

die gegend – starenwolke steil,
wie sie von ästen alter bäume
stiemt, birnen,
vor tannengrüner, schnell-

anwachsender kulisse.
achtung, leute: alles aufgeforstet!
die fichte hamse hierzulande
preußenbaum genannt.

flechten-kokarde
in regster tätigkeit an
strammen stämmen!
struppige kids

schuften weiterhin,
hängen dann ab oder
werden erst gar nicht
gebraucht. wers sagen hat –

in preußisch sibirien
ist das egal.

funde bei fuß an quellen:

mattglanz: vom bachboden,
klein, schimmert sesterze auf.
vielleicht mal steinzeug,
halbe brocken; auch

in der schonung mattglanz,
dieser pißpott aus email.
ganz einfacher römischer,
wilhelminischer, gegenwartsmüll.

den sie hervorstottern,
die böden. ganz einfach, in echt

in echt beruhigendem licht.

Greek Anthology. Nach Kenneth Rexroth

DIE LETZTE ÄUSSERUNG DES DELPHISCHEN ORAKELS I

Geh sag dem könig die dädalischen
Mauern sind zur erde gestürzt
Phoibos hat kein heiligtum keinen
Prophetischen lorbeer keinen
Sprechenden quell mehr. das plaudernde
Wasser zuletzt ist versiegt.

DIE LETZTE ÄUSSERUNG DES DELPHISCHEN ORAKELS II

geht übern sender. aus der ekstasehöhle
eine frauenstimme, richtig krass.
                                        »geh, erzähl« –
letztes statement, originalton nachgesprochen –
»erzähl dem könig«, wozu bespannung stark
vibriert. der stoff erzittert, das magische auge,
bei jedem wort. der stoff bewegt sich, während
die dädalische mauer ins wanken gerät.
                                    geh erzähl! knarzt es,
geh übern sender. wie von unterhalb gesprochen,
von unten gesprochenes, bevor sie voll abdreht:
delphis benommene stimme.
                                        fading, schwund, wellen-
getriller. steingepolter übern sender. und das wars.
ein abgedrehtes wimmern – so gehts
über; wie aus exotenschnäbeln schrille pfiffe,
knister-knister folgt – aus das
rauschen, stäuben,
rieseln.
        nur noch ein sickern, helles tröpfeln grenznah
dir ins ohr. an sound das allerschmalste
nur. das wars dann, leute.
letzte quelle, die

versiegt.

ICH HERMES wurde aufgerichtet
Wo sich drei straßen kreuzen. beim windigen
Obstgarten überm grauen strand.
Hier mögen müde menschen ausruhn von der reise
Bei meiner kalten sauberen flüsternden quelle.

SPRUCH DES ANAXIMANDER

Unumgänglich daß die dinge
In der form endigen werden
In der sie zur welt gekommen sind.
Alle dinge müssen einander strafe zahlen
Und ausgleich für all die ungleichheiten
Die ausgelöst werden durch die zeit.

KRINAGORAS

diese fackel
die in meiner hand noch brennt und
die ich zum sieg trug
locker laufend im heiligen
rennen der jungen männer
andenken an Prometheus
und den diebstahl des feuers
widme ich
Antiphanes sohn des Antiphanes
Dem Hermes

EPITAPH DES SARDANAPAL

Ich behalt den geschmack des abfeierns
Mir bleibt des ausflippens lohn und
Der spaß den ich teilte mit den geliebten.
Die annehmlichkeit großen besitzes
Aber laß ich zurück.

LEONIDAS I

Oh – was geht ab?
Bleib bitte ruhig steh auf
Und verschwind bevor er kommt
Oder er wird dir was
Schreckliches antun und
Schlimmeres mir! es dämmert schon
Siehst du nicht
Durchs fenster das licht?
Ganz allein in der dämmerung
Kam das vieh nach haus
Über den zugeschneiten berg
Tief schlafend
Liegt bei einer eiche der rinderhirt
Getroffen vom blitz.

LEONIDAS II

Hier ist Klitos kleine bude
Hier sein kleines handtuchfeld
Hier sein winziger weinacker
Hier ist sein waldstückchen
Hier hat Klito achtzig jahre verbracht.

NOSSIS

»Nichts ist süßer als die liebe
Zweitrangig jede glückseligkeit
Selbst honig spuck von meinem
Mund ich aus« ich Nossis sage das
»Wenn irgendein mädchen unbeleckt
Ist von der liebe kann sie nicht sagen
Welcher art blume die rosen sind«

VILLA IM RHEINLAND

vorhin. vorhin war erst
so was wie neunzehnhundert-
siebzig, die reineste staub-
staffage. und staub-staffage
steht schon länger leer. als
abrißvilla aus der gründerzeit. da achtet keiner drauf da

steigen wir zu zweit jetzt
EIN. scheiß dunkel hier
was man am atmen lesen
kann. der keller muffig,
feucht, da liegt ein zeug,
verrottend, auf den böden. kniehoch. ein geiles durcheinander

das überstiegen werden
muß. ein staksen, ein-
sinken auf bergen von
papier und zeug, das riecht
so komisch hier. und auch
das licht ist ziemlich schlecht, macht mangelhaft die sicht.

tasthaar dämmerton.
wie sich die augen schnell
an dunkelheit gewöhnen.
nach vorn: die autos watte
auf der grafenberger. drinnen
wie draußen, sprechblasen gedämpft. schließlich …

nach hinten raus:
so vogelstimmen.
sonne voll am brettern,
gartenmauer morsch.
hortensien. koniferen.
verwildert alles, voll das abenteuer. keiner tut mehr was.

zoom auf die funde.
papier, zeitungs-
papier, papier in bündeln
zaumzeug drunter.
lederzeug, so karten-
tasche. karten. wo du nur einen ausschnitt vonner gegend

siehst. unwegsam bunt
dies eingezeichnete
gelände von land-
karten. ganz durch-
gefeuchtet alles.
karten für das militär. und alles hat so komischen geruch.

darauf sind ganze
hügelketten ein-
getragen. mit höhen-
zahlen. fremde
dörfer, riechende
gehöfte, wo alle schwarzen namen auf französisch sind!

dann ham wir unten
noch, glitschiger boden,
du glaubst es nich,
in echt ulanenlanze
noch gefunden!
da war der lanzenwimpel dran noch, aber eklig, ganz verfault.

hättnwer
gern gehabt,
hättnwer die.
hätten wir
nich mit
nach hause bringen dürfen. niemals. nie!

das licht kam
nur durchs kellerloch.
die farben konnt man
nich erkenn' so
richtich. und hatten
überhaupt die ganze zeit son komisches gefühl.

dasselbe
durcheinander oben,
oberer stock. nach
hinten raus: die
alten gärten vom karree.
die gartenvögel hätt man hören können. wir hörten

aber rascheln nur
von unsren schuhn,
und atmen
(unsern atem),
dies knirschen,
putz, tapetenreste, die papiere. böden alle vollgebröckelt.

schatten.
abbröckelnde schatten.
taschenlampen,
schattenrascheln.
leichtes knirschen
wieder, körnig sohlendrehn, ein lasches reißen, eher zerfleddern,

in bergen,
bergen von papier.
das alte atmen,
namenatmen bloß.
weiß nich mehr ich
weiß das nicht nich ganz. so nass auf jeden fall wie unten nich,

so staubig alles
mehr. und lagen
nazistempel rum,
bei dem papier,
kreisleitung, gauleitung
und so, und jede menge formulare. volles programm, mit

hakenkreuz. das
war schon alles
ziemlich gruselig.
wie kurz vorher
die gruselbilder
ham wir das getauscht, die bilder hier. die hartfrakturen,

formulare,
adler-
schreibmaschinen
und warn
wir, mehrere male
drin im haus und hat auch keiner was von mitgekriegt.

nur jeder etwas mit-
genomm und ham
wir das versteckt, und
nichts gesagt. von
kaiser wilhelm diese
schnörkelunterschrift. und neue taschenlampenbatterien.

Nachwort

Thomas Klings *Sondagen* enden mit einem Einstieg. Mehr noch: In »Villa im Rheinland«, der letzten der zehn Abteilungen des Gedichtbandes, tritt der Dichter unversehens aus dem Schatten und reicht dem Leser die Hand: »da / steigen wir zu zweit jetzt / EIN«. Wer da mitmacht, wird zum Komplizen. Er steigt mit ein in diese verlassene Abrissvilla, und er steigt zugleich mit hinab in eine frühe Schicht der Erinnerung, denn das »jetzt« dieser klandestinen Erkundungstour ist zugleich »so was wie neunzehnhundert- / siebzig«. Eine Zeit also, zu der Thomas Kling so was wie dreizehn Jahre alt war – frühes Teenageralter, Rabaukentum, vielleicht schon erste Gedichte –, ein Alter, in dem die kindliche Faszination für Höhlen und dunkle Gänge noch lebendig ist, wo alles Verbotene überhaupt erst seinen vollen Reiz entfaltet.

Die Spuren in der Villa im Rheinland weisen dabei weitaus tiefer in die Geschichte: Ulanenlanze, Nazistempel, Generalstabskarten liegen da herum, feucht, teilweise eklig verfault, aber selbst bei »tasthaar dämmerton« noch zu erkennen. Beim nächsten Einstieg, das ist freilich klar, braucht es »neue taschenlampenbatterien«, braucht es vor allem: Sprache.

Sprache wird für den Dichter Thomas Kling Dietrich und Brecheisen sein, Spitzhacke und Schaufel. Und mit der Sprache durchleuchtet er das »scheiß dunkel« muffiger Villen, mit der Sprache fährt er hinab in die »blickschlacken«, sichtet »ausglühende geschichte«.

Die Sondagen noch des Fünfundvierzigjährigen leben von kindlicher Abenteuerlust, von der Lust an der Grenzüberschreitung. Erstaunlich ist, dass Kling, der die eigene Kindheit aus seinem Werk weitgehend fernhielt, in seinem vorletzten Band gleich zweimal ausdrücklich Bezug auf die frühen Jahre nimmt. Neben der »Villa im Rheinland« ruft auch das Gedicht »Bärenmarke, Moorfunde« aus dem Zyklus »Beowulf spricht« dieses Damals auf: »bärenmarke: ein süßes / zeug, von kleinen jungs unterm frühstückstisch im schutz der sog. / sonntagsdecke auf brücken ausgeleerte büchsenmilch; sprachklebe, / die einen bilderteppich macht. drippings«.

Die im Stile Jackson Pollocks auf den Teppich gekleckerte Büchsenmilch markiert dabei den spielerischen Eintritt des jungen Kling in die Welt der Bildenden Kunst. Seit den frühen achtziger Jahren dann war die Kunst, speziell die Düsseldorfer Künstlerszene, eine Art zweite Heimat für den später mit der Malerin und Fotografin Ute Langanky verheirateten Dichter. Kaum einen Zeitgenossen hat Kling so verehrt wie den Künstler – und Dichter – Dieter Roth, mit vielen anderen aus der Szene war er eng befreundet, nicht zuletzt mit dem Sammler und Mäzen Karl-Heinrich Müller.

In *Sondagen* steht die Kunstgeschichte schließlich gleichberechtigt neben der literarischen Tradition, zumindest wenn man die explizit genannten Autoren und Künstler zählt: Sechs Dichter (unter ihnen Kling selbst) stehen da neben sechs Malern. Wobei die Dichter lediglich als Motti-Lieferanten dienen, während die Maler in den Gedichten selbst angerufen werden.

Man könnte also meinen, das Bildreservoir der Kunst habe für Kling einen größeren Stellenwert besessen als das der Literatur. Das hieße aber, die vielen unausgewiesenen literarischen Zitate und Anspielungen zu ignorieren, von denen die *Sondagen* durchzogen sind, angefangen mit der Bibel und dem Koran, die gleich im ersten Zyklus des Bandes, »Manhattan Mundraum Zwei«, einbezogen werden.

Daneben finden sich in dieser Selbst-Fortschreibung (der erste Teil von »Manhattan Mundraum« war 1996 im Band *morsch* erschienen) Anklänge an Gedichte Paul Celans, an die »Todesfuge« etwa, an »Engführung« und an »Dunkles Aug im September«. Auch wenn es wörtliche Bezüge zum ersten Teil von »Manhattan

Mundraum« gibt, so unterscheidet sich der zweite Teil auch formal deutlich von seinem Vorläufer. Erinnern in *morsch* die Strophen in ihrer strengen vertikalen Gestalt tatsächlich an die Wolkenkratzer zwischen East River und Hudson, so wirkt das Layout der Verse in *Sondagen* wie verweht. Die Skizzenhaftigkeit und der Weißraum um die wenigen mal sehr kurzen, mal sehr langen Zeilen gemahnen einerseits an das »totnmehl«, andererseits an die spärlich bedruckten Seiten von Stéphane Mallarmés *Ein Würfelwurf*. Die einzelnen Wörter bilden bei Kling einen »partikeltanz«, ein Wortgestöber, das in 21 knappen Abschnitten über die Seiten zieht. Im ersten Teil von »Manhattan Mundraum« waren es 12 Abschnitte, und so scheint es, als seien auch die beiden Ziffern wie von der Druckwelle des Einsturzes des World Trade Center durcheinandergewirbelt. Allerdings umfasst in *Sondagen* ein zweiter Zyklus, »Eine Hombroich-Elegie«, ebenfalls 21 Abschnitte, während der Zyklus »vogelherd mikrobucolica« in *morsch* wiederum 12 Abschnitte umfasst.

So spiegeln sich diese beiden Bände doppelt ineinander.

Der Würfelwurf Mallarmés – wenn Kling auch kein großer Leser französischer Dichtung war –, der Würfelwurf steht für die Zufälligkeit von Leben und Sterben, für das Gottesurteil mithin, wie es Jacques Callot in seiner Radierung »Der Galgenbaum« in Szene gesetzt hat: Zu sehen ist auf diesem Bild aus dem Dreißigjährigen Krieg, das Kling im achten Teil der »Hombroich-Elegie« evoziert, ein großer Baum, von dessen Ästen Dutzende Gehängte baumeln. Darunter Männer beim Würfelspiel. Es sind dies offenbar Marodeure, die, von der eigenen Armee zu Disziplinierungszwecken dazu gezwungen, um ihr Leben würfeln müssen: Wer die richtige Zahl wirft, dem bleibt das Schicksal der Kumpane oben im Baum erspart.

Das Bild stammt aus der gleichen Epoche wie der »Manhattan Mundraum Zwei« vorangestellte Vers aus den *Totentänzen* des neulateinischen Dichters Jacob Balde: »Uns alle – verschiedenste fälle – senkt er hinab: / Der tod, der rangfolgenlose.« War Kling also ein morbider Vanitas-Poet? Tatsächlich wundert man sich, dass einem der üble Schnitter Tod hinter jeder Ecke der *Sondagen* entgegengrinst, während dieser Band doch deutlich vor Thomas Klings Lungenkrebsdiagnose und den abgründigen Gedichten seines letzten Bandes, *Auswertung der Flugdaten*, von 2005 entstand. Dabei hat *Sondagen* ganz und gar nichts Prophetisches an sich, es ist paradoxerweise vielmehr das heiterste, entspannteste Buch Thomas Klings: Die Schärfe im Ton und die Schroffheiten der Orthographie, wie man sie aus *geschmacksverstärker* (1989) oder *brennstabm* (1991) kennt, sind hier souveräner Leichtigkeit gewichen. Mit *Sondagen* musste Kling nichts mehr beweisen; epochalen Ereignissen wie dem 11. September 2001 begegnet er – wie im Ansatz schon in seiner Darstellung des Ersten Weltkriegs in *Fernhandel* – durch Reduktion, nicht indem er schweres lyrisches Gerät auffährt. »Tiefflug der Minerva« statt poetisches Räumkommando.

Der Dichter beleuchtet die Dinge vom Rand her. Er operiert gerne im Schutz der Dunkelheit, steigt in fremde Villen ein oder hält »Nachtwache«, wie die Eulen im gleichnamigen Zyklus, nutzt »nacht.sicht.gerät.« und Wärmebildkamera. Er fühlt sich heimisch in NATO-Bunkern wie in der Höhle von Lascaux. Hier betrachtet er ein an die Wand gezeichnetes »unterirdisch ockerauge«. Und dieses Ocker begegnet ihm über die Zeiten hinweg immer wieder. Achtmal insgesamt – zählt man das »isabelle gelb« aus »Archäologischer Park« hinzu, sogar neunmal – kommt das Grundpigment der Malerei in *Sondagen* vor. So häufig, dass es dem Dichter zum Synonym für sein Werk wird: »sagt ocker. / oder, meinethalben: gedicht.«

Gedicht ist aber auch »kennungsdienst«, wie es in »Gaumensegel« heißt. Es dient dazu, »kenntlich« zu machen, und sei es mit einer Kenning, einer mehrgliedrigen, der altnordischen Literatur entlehnten Art von Metapher, wie Kling sie in »Kiel« verwendet: »gedicht, / die küste – rippe der see – hebt sich und senkt sich«.

Im bereits erwähnten »Bärenmarke, Moorfunde« treten gleich

drei Varianten des Terminus auf: »kennungen / im grünen bereich«, »kennung des bienenwolfs« und »hochmoor-erkennung«. Bei der »hochmoor-erkennung« geht es gleichwohl nicht um Erkenntnis im wissenschaftlichen Sinn, sondern um Sichtbarmachung, um Aufdeckung von sprachlich-historischen Zusammenhängen, Ent-decken von bis dato im Dunkeln liegenden Bildern. »das nennt sich kartenlesen im unverzeichneten – und so was/ nennt sich gedicht«.

Dinge hervorzulocken liegt im Wesen der Dichtung. Zu seiner 1998 in der Bibliothek Suhrkamp erschienenen Auswahl von Gedichten Friederike Mayröckers schreibt Kling im Nachwort, Gedichte seien Evokationen, um fremde Götter aus einer belagerten Stadt herauszurufen. Auch in seiner Anthologie *Sprachspeicher* mit 200 Gedichten aus 1300 Jahren betont er den magischen Ursprung der Dichtung und beschwört die Bann-, Segens- und Zaubersprüche, die noch vor den Schlachtengesängen und Genealogien Homers von den Menschen eingesetzt wurden.

Daher auch Klings Interesse an Sonder- und Fachsprachen, am Rotwelsch und an anderen Geheimsprachen, erwies sich für ihn in der vermeintlichen Abweichung von der Norm doch gerade das, was Sprache ausmacht. Denn für Kling stellte das Standard- und Hochdeutsch die Abweichung dar. Gerade dieses muss von der Warte der Dia- und Soziolekte aus untersucht werden, mit wachsamem Blick auf unterschiedliche historische Sprachschichten.

Solche Arbeit an der Sprache ist es auch, die Klings extrem diverses Material zusammenhält: Wie sonst kann es sein, dass die *Sondagen* so rund und wie aus einem Guss komponiert wirken, wo sie thematisch doch die gesamte Menschheits- samt Frühgeschichte überspannen: vom Paläolithikum, das im Titelzyklus zum Gegenstand wird, über die Antiken-Anverwandlung in »Greek Anthology«, das Frühmittelalter in »Beowulf spricht«, die Zeit des Barock und des Dreißigjährigen Kriegs in »Die Hexen«, »Schiefrunde Perlen« und »Farnsamen« (samt Abstecher in den Spanischen Bürgerkrieg), das 19. Jahrhundert mit dem frühen Hirnforscher Paul Broca und dem Entdecker der Knochen in der Neandertalerhöhle, Johann Fuhlrott, bis in die sechziger und siebziger Jahre Westdeutschlands (samt Bärenmarke) und zum 11. September und in die Gegenwart des Dichters an seinem Wohnort, der ehemaligen NATO-Raketenstation im niederrheinischen Hombroich.

Die große »Hombroich-Elegie« schließlich ist den scheinbar außerhalb der Historie agierenden Tieren gewidmet, den farbblinden Bienen, den rüttelnden Turmfalken, den Spechten, Wespen und Hasen. Aber dass auch ihr Schicksal in Zeiten des Anthropozäns in den Händen der Menschen liegt, wird am Beispiel der Kröte deutlich. Ein Spatenblatt reißt sie entzwei, unbeabsichtigt, ein Kollateralschaden bei der Gartenarbeit, aber: »auch diese / kröte läßt sich nicht vergessen.« Ihr Blut fließt durch die »geheimtinten der gegend«.

Diese Kröte aus dem zehnten Teil des Zyklus ist kulturgeschichtlich ebenso bedeutsam wie das Bilsenkraut aus dem fünften. Beide gehören ins Arsenal der Zauberei und Magie. Und sosehr sich Kling in den Wissen- und Bildarchiven der Geschichte zu Hause fühlte, so sehr war er – und das beweisen die *Sondagen* ihrem so sächlichen Titel zum Trotz eben auch – Zauberer, Wortmagier, »Alghe Mist«.

Tobias Lehmkuhl

Inhalt

Bibliothek Suhrkamp

Alphabetisches Verzeichnis

Bibliothek Suhrkamp
Verzeichnis der letzten Nummern

1367 M. Blecher, Aus der unmittelbaren Unwirklichkeit
1368 Joseph Conrad, Ein Lächeln des Glücks
1369 Christoph Hein, Der Ort. Das Jahrhundert
1370 Gertrud Kolmar, Die jüdische Mutter
1371 Hermann Lenz, Vielleicht lebst du weiter im Stein
1372 Ludwig Wittgenstein, Philosophische Untersuchungen
1373 Thomas Brasch, Der schöne 27. September
1374 Péter Esterházy, Die Hilfsverben des Herzens
1375 Stanislaus Joyce, Meines Bruders Hüter
1376 Yasunari Kawabata, Schneeland
1377 Heiner Müller, Germania
1378 Du kamst, Vogel, Herz, im Flug; Spanische Lyrik
1379 Giorgio Agamben, Kindheit und Geschichte
1380 Louis Begley, Lügen in Zeiten des Krieges
1381 Alejo Carpentier, Das Reich von dieser Welt
1382 Nagib Machfus, Das Hausboot am Nil
1383 Guillermo Rosales, Boarding Home
1384 Siegfried Unseld, Briefe an die Autoren
1385 Theodor W. Adorno, Traumprotokolle
1386 Rudolf Borchardt, Jamben
1387 Günter Grass, »Wir leben im Ei«
1388 Palinurus, Das ruhelose Grab
1389 Hans-Ulrich Treichel, Der Felsen, an dem ich hänge
1390 Edward Upward, Reise an die Grenze
1391 Adonis und Dimitri T. Analis, Unter dem Licht der Zeit
1392 Samuel Beckett, Trötentöne/Mirlitonnades
1393 Federico García Lorca, Dichter in New York
1394 Durs Grünbein, Der Misanthrop auf Capri
1395 Ko Un, Die Sterne über dem Land der Väter
1396 Wisława Szymborska, Der Augenblick/Chwila
1397 Brigitte Kronauer, Frau Melanie, Frau Martha und Frau Gertrud
1398 Idea Vilariño, An Liebe
1399 M. Blecher, Vernarbte Herzen
1401 Gert Jonke, Schule der Geläufigkeit
1402 Heiner Müller / Sophokles, Philoktet
1403 Giorgos Seferis, Ionische Reise
1404 Christa Wolf, Nachdenken über Christa T.
1405 Günther Anders, Tagesnotizen
1406 Roberto Arlt, Das böse Spielzeug
1407 Hermann Hesse / Stefan Zweig, Briefwechsel
1408 Franz Kafka, Die Zürauer Aphorismen
1409 Saadat Hassan Manto, Schwarze Notizen
1410 Arno Schmidt, Die Gelehrtenrepublik
1411 Bruno Bayen, Die Verärgerten
1412 Marcel Beyer, Flughunde
1413 Thomas Brasch, Was ich mir wünsche

1414 Reto Hänny, Flug
1415 Zygmunt Haupt, Vorhut
1416 Gerhard Meier, Toteninsel
1417 Gerhard Meier, Borodino
1418 Gerhard Meier, Die Ballade vom Schneien
1419 Raymond Queneau, Stilübungen
1420 Jürgen Becker, Dorfrand mit Tankstelle
1421 Peter Handke, Noch einmal für Thukydides
1422 Georges Hyvernaud, Der Viehwaggon
1423 Dezső Kosztolányi, Lerche
1424 Josep Pla, Das graue Heft
1425 Ernst Wiechert, Der Totenwald
1427 Leonora Carrington, Das Haus der Angst
1428 Rainald Goetz, Irre
1429 A. F. Th. van der Heijden, Treibsand urbar machen
1430 Helmut Heißenbüttel, Über Benjamin
1431 Henri Thomas, Das Vorgebirge
1432 Arno Schmidt, Traumflausn
1433 Walter Benjamin, Träume
1434 M. Blecher, Beleuchtete Höhle
1435 Edmundo Desnoes, Erinnerungen an die Unterentwicklung
1436 Nazim Hikmet, Die Romantiker
1437 Pierre Michon, Rimbaud der Sohn
1438 Franz Tumler, Der Mantel
1439 Munyol Yi, Der Dichter
1440 Ralf Rothmann, Milch und Kohle
1441 Djuna Barnes, Nachtgewächs
1442 Isaiah Berlin, Der Igel und der Fuchs
1443 Frisch, Skizze eines Unglücks / Johnson, Skizze eines Verunglückten
1444 Alfred Kubin, Die andere Seite
1445 Heiner Müller, Traumtexte
1446 Jannis Ritsos, Monovassiá
1447 Volker Braun, Der Stoff zum Leben 1-4
1448 Roland Barthes, Die helle Kammer
1449 Siegfried Kracauer, Straßen in Berlin und anderswo
1450 Hermann Lenz, Neue Zeit
1451 Siegfried Unseld, Reiseberichte
1452 Samuel Beckett, Disjecta
1453 Thomas Bernhard, An der Baumgrenze
1454 Hans Blumenberg, Löwen
1455 Gershom Scholem, Die Geheimnisse der Schöpfung
1456 Georges Hyvernaud, Haut und Knochen
1457 Gabriel Josipovici, Moo Pak
1458 Ernst Meister, Gedichte
1459 Meret Oppenheim, Träume Aufzeichnungen
1460 Alexander Kluge, Gerhard Richter, Dezember
1461 Paul Celan, Gedichte
1462 Felix Hartlaub, Kriegsaufzeichnungen aus Paris
1463 Pierre Michon, Die Grande Beune
1464 Marie NDiaye, Mein Herz in der Enge

1465 Nadeschda Mandelstam, Anna Achmatowa
1467 Robert Walser, Mikrogramme
1468 James Joyce, Geschichten von Shem und Shaun
1469 Hans Blumenberg, Quellen, Ströme, Eisberge
1470 Florjan Lipuš, Boštjans Flug
1471 Shahrnush Parsipur, Frauen ohne Männer
1472 John Cage, Empty Mind
1473 Felix Hartlaub, Italienische Reise
1474 Pierre Michon, Die Elf
1475 Pierre Michon, Leben der kleinen Toten
1476 Kito Lorenc, Gedichte
1477 Alexander Kluge/Gerhard Richter, Nachricht von ruhigen Momenten
1478 E.M. Cioran, Leidenschaftlicher Leitfaden II
1479 Christa Wolf, Kein Ort. Nirgends
1480 Renata Adler, Rennboot
1481 Julio Cortázar/Carol Dunlop, Die Autonauten auf der Kosmobahn
1482 Lidia Ginsburg, Aufzeichnungen eines Blockademenschen
1483 Ludwig Hohl, Die Notizen
1484 Ludwig Hohl, Bergfahrt
1485 Ludwig Hohl, Nuancen und Details
1486 Ludwig Hohl, Vom Erreichbaren und vom Unerreichbaren
1487 Ludwig Hohl, Nächtlicher Weg
1488 Fritz Sternberg, Der Dichter und die Ratio
1489 Felix Hartlaub, Aus Hitlers Berlin
1490 Renata Adler, Pechrabenschwarz
1491 Pierre Michon, Körper des Königs
1492 Joseph Beuys, Mysterien für alle
1493 T.S. Eliot, Vier Quartette / Four Quartets
1494 Walker Percy, Der Kinogeher
1495 Raymond Queneau, Stilübungen
1496 Charlotte Beradt, Das Dritte Reich des Traums
1497 Nescio, Werke
1498 Andrej Bitow, Georgisches Album
1499 Gerald Murnane, Die Ebenen
1500 Thomas Kling, Sondagen
1501 Georg Baselitz/Alexander Kluge, Weltverändernder Zorn
1502 Annie Ernaux, Die Jahre
1503 Roberto Calasso, Die Literatur und die Götter
1504 Friederike Mayröcker, Pathos und Schwalbe
1505 Cees Nooteboom, Mönchsauge
1506 Jorge Barón Biza, Die Wüste und ihr Samen
1507 Gerald Murnane, Grenzbezirke
1508 Miron Białoszewski, Erinnerungen aus dem Warschauer Aufstand
1509 Annie Ernaux, Der Platz
1510 Sophie Calle, Das Adressbuch
1511 Szilárd Borbély, Berlin-Hamlet, Gedichte
1512 Annie Ernaux, Eine Frau
1513 Fabjan Hafner, Erste und letzte Gedichte
1514 Gerald Murnane, Landschaft mit Landschaft
1515 Friederike Mayröcker, da ich morgens und moosgrün. Ans Fenster trete